KB084059

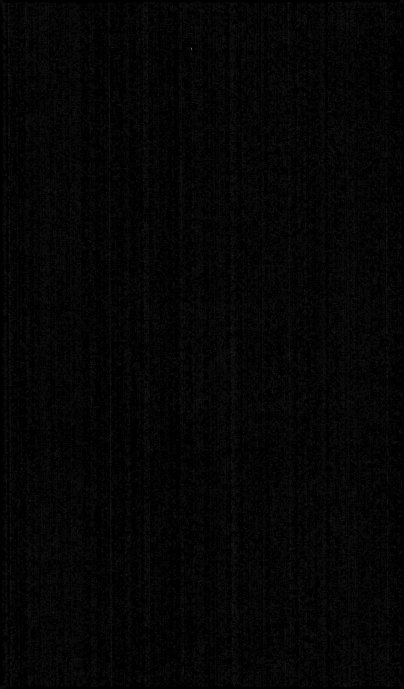

비 오는 날

아시아에서는 《바이링궐 에디션 한국 대표 소설》을 기획하여 한국의 우수한 문학을 주제별로 엄선해 국내외 독자들에게 소개합니다. 이 기획은 국내외 우수한 번역가들이 참여하여 원작의 품격을 최대한 살렸습니다. 문학을 통해 아시아의 정체성과 가치를 살피는 데 주력해 온 아시아는 한국인의 삶을 넓고 깊게 이해하는 데 이 기획이 기여하기를 기대합니다.

Asia Publishers presents some of the very best modern Korean literature to readers worldwide through its new Korean literature series 〈Bilingual Edition Modern Korean Literature〉. We are proud and happy to offer it in the most authoritative translation by renowned translators of Korean literature. We hope that this series helps to build solid bridges between citizens of the world and Koreans through a rich in-depth understanding of Korea.

바이링궐 에디션 한국 대표 소설 **109**

Bi-lingual Edition Modern Korean Literature 109

Rainy Days

손창섭
비 오는 날

Son Chang-sop

ASIA
PUBLISHERS

Contents

비 오는 날

Rainy Days

이렇게 비 내리는 날이면 원구(元求)의 마음은 감당할 수 없도록 무거워지는 것이었다. 그것은 동욱(東旭) 남매의 음산한 생활 풍경이 그의 뇌리를 영사막처럼 흘러가기 때문이었다. 빗소리를 들을 때마다 원구에게는 으레 동욱과 그의 여동생 동옥(東玉)이 생각나는 것이었다. 그들의 어두운 방과 쓰러져가는 목조 건물이 비의 장막 저편에 우울하게 떠오르는 것이었다. 비록 맑은 날일지라도 동욱 오뉘의 생활을 생각하면, 원구의 귀에는 빗소리가 설레고 그 마음 구석에는 빗물이 스며 흐르는 것 같았다. 원구의 머릿속에 떠오르는 동욱과 동옥은 그 모양으로 언제나 비에 젖어 있는 인생들이었다.

On a rainy day like this, Won-gu's heart became unbearably heavy. It was because he could see the image of the dreary life led by Dong-wook and his sister float in his mind as if on a screen. Whenever he listened to rain, Won-gu pictured Dong-wook and his younger sister Dong-ok. Their darkened room in a dilapidated wooden building loomed gloomily behind the curtain of rain. Even on a day when the sky was clear, when he thought of their life, the imagined sound of raindrops made him restless and the rainwater seemed to seep into a corner of his heart. Dong-wook and Dong-ok were, in Won-gu's mind, people always soaked in

동욱의 거처를 왕방[1]하기 전에 원구는 어느 날 거리에서 동욱을 만나 저녁을 같이 한 일이 있었다. 동욱은 밥보다도 먼저 술을 먹고 싶어 했다. 술을 마시는 동욱의 태도는 제법 애주가였다. 잔을 넘어 흘러내리는 한 방울도 아까워서 동욱은 혀끝으로 잔 굽을 핥았다. 기독교 가정에서 성장했을 뿐 아니라 몇몇 교회에서 다년간 찬양대를 지도해 온 동욱의 과거를 원구는 생각하며, 요즈음은 교회에 나가지 않느냐고 물어보았다. 동욱은 멋쩍게 씽긋 웃고 나서 이따만큼 한 번씩 나가노라고 하고, 그런 때는 견딜 수 없는 절망감에 숨이 막힐 것 같은 날이라는 것이었다. 동욱은 소매와 깃이 너슬너슬한 양복저고리에 교회에서 구제품으로 탄 것이라는, 바둑판처럼 사방으로 검은 줄이 죽죽 간 회색 쯔봉[2]을 입고 있었다. 무엇보다도 그의 구두가 아주 명물이었다. 개미허리처럼 중간이 잘록한 데다가 코숭이만 주먹만큼 뭉툭 솟아오른 검정 단화를 신고 있었다. 그건 꼭 차프링[3]이나 신음직한 괴이한 구두였기 때문에, 잔을 주고받으면서도 원구는 몇 번이나 동욱의 발을 내려다보는 것이었다. 그동안 무얼 하며 지내느냐는 원구의 물음에 동욱은 끼고 온 보자기를 끄르고 스크랩북을 펴

rain.

Before Won-gu had visited Dong-wook's home, he had run into this childhood friend of his on the street and had had dinner with him. Dong-wook had preferred liquor to food. The way he drank liquor revealed that he was a habitual drinker. Begrudging even a drop of liquor spilling from the glass, he licked the bottom of his glass with the tip of his tongue. Remembering Dong-wook from the past—who had not only grown up in a Christian family, but also directed choirs in several churches for many years—Won-gu asked him if he went to church these days. Dong-wook grinned awkwardly and said that he went to the church once in a while, on a day when he felt stifled by the unbearable sense of despair. Dong-wook was wearing a jacket with frayed sleeves and collar and a pair of gray trousers with black checks, like a checkerboard, from a relief supply he said he'd gotten in a church. Above all, his shoes were a sight. They were black and their middle section was as narrow as an ant's waist and only the front part was blunt and protruding. Because they were so strange-looking, as if belonging to Charlie Chaplin, Won-gu could not help staring down at Dong-wook's feet over and

보이는 것이었다. 몇 장 벌컥벌컥 뒤는데[4] 보니, 서양 여자랑 아이들의 초상화가 드문드문 붙어 있었다. 그 견본을 가지고 미군 부대를 찾아다니며, 초상화의 주문을 맡는다는 것이었다. 대학에서 영문과를 전공한 것이 아주 헛일은 아니었다고 하며 동욱은 닝글닝글 웃었다. 동욱의 그 닝글닝글한 웃음을 원구는 이전부터 몹시 꺼렸다. 상대방을 조롱하는 것 같은, 그러면서도 자조적이요, 어쩐지 친애감조차 느껴지는 그 닝글닝글한 웃음은, 원구에게 어떤 운명적인 중압을 암시하여 감당할수 없이 마음이 무거워지는 것이었다. 대체 그림은 누가 그리느냐니까, 지금 여동생 동옥이와 둘이 지내는데, 동옥은 어려서부터 그림을 좋아하더니 초상화를 곧잘 그린다는 것이다. 동옥이란 원구의 귀에도 익은 이름이었다. 소학교 시절에 동욱이네 집에 놀러 가면 그때 대여섯 살밖에 안 되는 동옥이가 귀찮게 졸졸 따라다니던 기억이 새로웠다. 동옥은 그 당시 아이들 사이에 한창 유행되었던, '중중 때때중 바랑 메고 어디 가나'를 부르고 다녔다. 그 사이 이십 년이라는 세월이 흐르고 보니 동옥의 모습은 전연 기억도 남지 않았다. 동욱의 말에 의하면 지난번 1·4 후퇴 당시 데리고 왔는데,

over while talking with him. When Won-gu asked him how he had been doing, Dong-wook un-wrapped a bundle he had been carrying and showed him a scrapbook. As Dong-wook flipped through a few pages, Won-gu could see portraits of Western women and children. Dong-wook said that he visited the U.S. bases with these samples to get orders of portraits. Saying it wasn't in vain that he had majored in English literature during college, Dong-wook made an ambivalent smile. Won-gu had tried not to see that smile of Dong-wook's from the beginning. It seemed to sneer at others at the same time that it mocked himself, and yet it also felt friendly, which made Won-gu's heart heavy, suggesting a fatally unbearable and oppressive feeling. When Won-gu asked who on earth was drawing those portraits, Dong-wook said that Dong-ok, his younger sister, with whom he was living now, had liked to draw pictures since childhood and did a pretty good job at portraiture. Won-gu remembered Dong-ok. During their elementary school years, when Won-gu had gone to Dong-wook's house for a play date, Dong-ok, just five or six years old then, had annoyed them by following them around. She would chant "Monk, monk, young

요새 와서는 짐스러워 후회될 때가 있다는 것이었다. 그의 남편은 못 넘어왔느냐니까, 뭘 엽때[5] 처년데, 했다. 지금 몇 살인데 미혼이냐고 묻고 싶었지만, 원구는 혼기가 지난 동욱이나 자기 자신도 아직 독신인 걸 생각하고, 여자도 그럴 수가 있을 거라고 속으로 주억거리며 그는 입을 다물었다. 동욱의 나이가 지금 이십오륙 세가 아닐까 하고 원구는 지나간 세월과 자기 나이에 비추어 속어림으로 따져보는 것이었다. 술에 취한 동욱은 다자꾸[6] 원구의 어깨를 한 손으로 투덕거리며, 동옥이년이 정말 가엾어, 암만 생각해도, 그 총기며 인물이 아까워, 그런 말을 되풀이하는 것이었다. 그러고는 다시 잔을 비우고 나서, 할 수 있나 모두가 운명인 걸 하고 고개를 흔드는 것이었다. 동욱은 머리를 떨어뜨린 채, 내가 자네람 주저없이 동옥이와 결혼할 테야, 암 장담하구말구, 혼잣말처럼 그렇게도 중얼거리는 것이었다. 종잡을 수 없는 동욱의 그런 말에 원구는 무슨 영문인지도 모르면서, 암 그럴 테지, 하며 동욱의 손을 쥐어 흔드는 것이었다. 동욱은 음식집을 나와 헤어질 무렵에 두 손을 원구의 양 어깨에 얹고 자기는 꼭 목사가 되겠노라고, 했다. 그것이 자기의 갈 길인 것 같다고 하며 이

monk, where are you going with your holdall?," a rhyme popular among children then. Since it had been twenty years since those days, though, Won-gu could not remember at all how Dong-ok looked. According to Dong-wook, he brought her with him during the January 4th Retreat; but he sometimes regretted it these days, because she was such a burden to him. When Won-gu asked him if her husband couldn't come to the South with them, Dong-wook said, She's still unmarried. Won-gu wanted to ask why she was still single at her age, but kept his mouth shut, reminding himself that he and Dong-wook, both past the marriageable age, were still unmarried, and thinking that a woman could be in the same situation. Won-gu guessed Dong-ok's age to be around twenty-five or twenty-six, given the time that had passed and his own age. Dong-wook, now completely drunk, abruptly patted Wong-gu on his shoulder and kept repeating that he felt so sorry for his sister, and what a pity for a smart and beautiful girl like her to live like this. Then he downed his glass again, shook his head, and said: What can you do? It's all fate. His chin on his chest, Dong-wook also murmured, as if to himself, If I were you, I'd marry her right away—

제 새 학기에는 신학교에 들어가겠다는 것이었다. 어깨
가 축 늘어져서 걸어가는 동욱의 초라한 뒷모양을 바라
보고 서서 원구는 또다시 동욱의 과거와 그 집안을 그
려보며, 목사가 되겠노라고 하면서도 술을 사랑하는 동
욱을 아껴 줘야겠다고 생각하는 것이었다.

그 뒤에 원구가 처음으로 동욱을 찾아간 것은 사십
일이나 계속된 긴 장마가 시작된 어느 날이었다. 동래
(東萊) 종점에서 전차를 내리자, 동욱이가 쪽지에 그려
준 약도를 몇 번이나 펴보며 진득진득 걷기 말쩬[7] 비탈
길을 원구는 조심히 걸어 올라갔다. 비는 여전히 줄기
차게 내리고 있었다. 우산을 받기는 했으나 비가 후려
치고 흙탕물이 튀고 해서 정강이 밑으로는 말이 아니었
다. 동욱이가 들어 있는 집은 인가에서 뚝 떨어져 외따
로이 서 있었다. 낡은 목조 건물이었다. 한 귀퉁이에 버
티고 있는 두 개의 통나무 기둥이 모로 기울어지려는
집을 간신히 지탱하고 있었다. 개와[8]를 얹은 지붕에는
두세 군데 잡초가 반 길이나 무성해 있었다. 나중에 들
어 알았지만 왜정 때는 무슨 요양원으로 사용되어온 건
물이라는 것이었다. 전면(前面)은 본시 전부가 유리 창
문이었는데 유리는 한 장도 남아 있지 않았다. 들이치

Oh, you can be sure of it! Although Won-gu couldn't understand what was going on in Dong-wook's mind when he said such unexpected things, he took and shook Dong-wook's hand and said, Oh, of course. When they left the restaurant and were about to go their ways, Dong-wook put his hands on both of Won-gu's shoulders and said, I'll definitely become a pastor. Saying that it seemed to be his mission, he added that he was planning to enter a seminary in the next semester. Watching Dong-wook's shabby back while he walked away, his shoulders drooping, Won-gu again thought of Dong-wook's past and his family and promised himself that he would take care of Dong-wook, who wanted to become a pastor, yet also loved liquor.

Won-gu visited Dong-wook later for the first time on a day when a forty-day rainy season had begun. After getting off the tram at its last stop in Dongrae, Won-gu carefully walked up a treacherous slope, slippery with mud, while repeatedly checking the note on which Dong-wook had drawn a rough map. It continued to rain heavily. Although Won-gu had an umbrella, he looked filthy from his shins down, as the rain blew and the mud spattered. The

17

는 비를 막기 위해서 오른편 창문 안에는 가마니때기[9]
가 느리워 있었다. 이 폐가와 같은 집 앞에 우두커니 우
산을 받고 선 채, 원구는 한동안 움직이지 않았다. 이런
집에 도대체 사람이 살고 있을까? 아이들 만화책에 나
오는 도깨비집이 연상되었다. 금시 대가리에 뿔이 돋은
도깨비들이 방망이를 들고 쏟아져 나올 것만 같았다.
이런 집에 동욱과 동옥이가 살고 있다니. 원구는 다시
한 번 쪽지에 그린 약도를 펴보았다. 이 집임에 틀림없
었다. 개천을 끼고 올라오다가 그 개천을 건너선 왼쪽
산비탈에는 도대체 집이라고는 이 집 한 채뿐이었다.
원구는 몇 걸음 다가서며 말씀 좀 묻겠습니다, 하고 인
기척을 냈다. 안에서는 아무런 응답이 없었다. 원구는
같은 말을 또 한 번 되풀이했다. 그래도 잠잠하다. 차차
거세 가는 빗소리와 도랑물 소리뿐, 황폐한 건물 자체
가 그대로 주검처럼 고요했다. 원구는 좀 더 큰 소리로,
안녕하십니까? 하고 불러보았다. 원구는 제 소리에 깜
짝 놀랐다. 목에 엉겼던 가래가 풀리며 탁 터져 나오는
음성이 예상외로 컸던 탓인지, 그것은 마치 무슨 비명
처럼 들리었기 때문이다. 그러자 문 안에 친 거적 귀퉁
이가 들썩하며, 백지에 먹으로 그린 초상화 같은 여인

18

house where Dong-wook lived stood in a deserted area away from a densely populated one. It was a dilapidated wooden building. Two log pillars standing firm barely managed to support the building, which looked about to collapse to the side. On the tiled roof, a few thick clumps of weeds had grown taller than a boy's height. This building used to be some sort of a sanatorium during the Japanese colonial period. There were no windowpanes left on the front of the building, which had originally consisted entirely of windows. In order to protect the homes from the rain blowing in, straw sacks were hung inside the windows. Standing under his umbrella in front of the house, which looked deserted, Won-gu couldn't move for a while. Do people really live in this building? He was reminded of a haunted house in children's cartoons. It seemed like goblins with horns and clubs might pour out of it at any moment. Dong-wook and Dong-ok live in a house like this! Won-gu again unfolded the note with a rough map. There was no doubt that this was the place, since it was the only one on the left slope after following and crossing the brook. Won-gu walked a few steps up to the house and called, "Hello, anybody in there?" to announce that they

의 얼굴이 나타난 것이다. 살결이 유달리 희고, 눈썹이 남보다 검은 그 여인은 원구를 내다보며 좀처럼 입을 열지 않았다. 저게 동옥인가 보다고 속으로 생각하며, 여기가 김동욱 군의 집이냐는 원구의 물음에, 여인은 말없이 약간 고개를 끄덕여 보였을 뿐이다. 눈썹 하나 까딱하지 않는 그 태도는 거만해 보이는 것이었다. 동욱 군 어디 나갔습니까? 하고 재차 묻는 말에도 여인은 먼저처럼 고개만 끄떡했다. 그러고 나서 원구를 노려보듯 하는 그 눈에는 까닭 모를 모멸과 일종의 반항적 태도까지 서리어 있는 것이었다. 여인은 혹시 자기를 오해하고 있지 않나 싶어, 정원구라는 이름을 밝히고 나서, 동욱과는 소학교에서 대학까지 동창이었다는 것과, 특히 소학 시절에는 거의 날마다 자기가 동욱이네 집에 놀러 가거나, 동욱이가 자기네 집에 놀러 왔다는 것을 설명해 주었다. 그래도 여인의 표정에는 별다른 변화가 없었다. 원구는 한층 더 부드러운 음성으로 혹시 동욱 군의 여동생이 아니십니까? 동옥이라구…… 하고 물었다. 여인은 세 번째 고개를 끄덕여 보인 것이다. 그리고 비로소 그 얼굴에 조소를 품은 우울한 미소가 약간 어리는 것이었다. 동욱이 어디 갔느냐니까 그제야, 모르

had a visitor. There was no response. Won-gu repeated the question. Still no answer. There was only the sound of ever-stronger rain and brook water. The dilapidated building was as quiet as a dead body. Won-gu shouted "Hello!" more loudly, surprising himself. His voice sounded like a shriek, perhaps because it came out so loudly after the phlegm obstructing his throat had cleared up. Then, a corner of the straw sack inside a window was lifted slightly and a woman's face, like a portrait drawn in India ink on white paper, appeared. The woman, who was particularly pale, with eyelashes darker than anyone else's, stared at Won-gu, but didn't open her mouth. Thinking she must be Dong-ok, Won-gu asked her if this was Dong-wook's house, and she silently nodded. The way she didn't move a single eyelash made her look arrogant. When Won-gu asked her again if Dong-wook had gone out, she simply nodded again. Then she nearly glared at him, her eyes showing inexplicable scorn and even something like defiance. Wondering if she was mistaken about his identity, he introduced himself, telling her that his name was Jeong Won-gu, that he had gone to the same schools as Dong-wook from elementary school to college, and that he either

겠는데요, 하고 입을 열었다. 꽤 맑은 음성이었다. 그러
면 언제 들어올지 모르겠군요 하니까, 이번에도 동옥은
머리를 끄덕이는 것이었다. 무례한 동옥의 태도에, 불
쾌와 후회를 느끼면서 원구는 발길을 돌이키는 수밖에
없었다. 동욱이가 돌아오거든 자기가 다녀갔다는 말을
전해 달라고 이르고 돌아서는 원구에게 동옥은 아무러
한 인사도 하지는 않았다. 물탕에 젖어 꿀쩍거리는 신
발 속처럼 자기의 머리는 어쩔 수 없는 우울에 잠북[10]
젖어 있는 것이라고 공상하며, 원구는 호박넝쿨 우거진
최뚝길[11]을 걸어 나갔다. 그 무거운 머리를 지탱하기에
는 자기의 목이 지나치게 가는 것같이 여겨졌다. 그것
은 불안한 생각이었다. 얼마쯤 가다가 원구는 별 생각
없이 걸음을 멈추고 뒤를 돌아보았다. 안개비 속으로
바라보이는 창연한 건물은 금방 무서운 비명과 함께 모
로 쓰러질 것만 같았다. 자기가 발길을 돌리자 아마 쓰
러질지도 모른다는 생각에, 이제나저제나 하고 집을 지
켜보고 섰던 원구는, 흠칫 놀라듯이 몸을 떨었다. 창문
안에 느리운 거적을 캄파스[12] 삼아 그림처럼 선명히 떠
올라 있는 흰 얼굴이 눈에 띄었기 때문이다. 그것은 동
옥의 얼굴임에 틀림없었다. 어쩌자고 동옥은 비 뿌리는

visited Dong-wook at his house or vice-versa almost every day during their childhood. Still, the woman's face showed no change. Won-gu then asked her, much more softly and hesitantly, whether she was Dong-wook's younger sister, Dong-ok. The woman nodded a third time. At last her face showed a bit of a scornful and gloomy smile. When Won-gu asked where Dong-wook had gone, she finally opened her mouth and said, I don't know. Her voice was quite clear. Won-gu asked her again: Then, you wouldn't know when he'd return? Dong-ok nodded again. Offended and regretting his visit, Won-gu had nothing else to do than to leave. He turned around, after telling Dong-ok to tell Dong-wook that he had been there, and Dong-ok said nothing to him. Feeling like his head was soaked in depression, as his shoes were squelching in puddles, Won-gu walked away on a ridge between fields. He felt like his neck was too thin to support his heavy head. He felt uneasy. After a while, he stopped and turned around absentmindedly. The gloomy building looked through the drizzle as if it would collapse sideways at any moment with a shriek. While he kept watching the house impatiently, worried that it might collapse as soon as he

창문에 붙어 서서 저렇게 짓궂게 나를 바라보고 있는 것일까? 어려서 들은, 여우가 사람을 홀린다는 이야기가 연상되어 전신에 오한을 느끼며 발길을 돌이키는 원구의 눈앞에 찢어진 지우산[13]을 받고 다가오는 사나이가 있었다. 다행히도 그것은 동욱이었다. 찬거리를 사러 잠깐 나갔다가 오노라는 동욱은, 푸성귀며 생선 토막이 들어 있는 저자구럭[14]을 한 손에 들고 있었다. 이면 델 비 맞고 왔다가 이렇게 돌아가는 법이 있느냐고 하며 동욱은 원구의 손을 잡아끄는 것이었다. 말할 기력조차 잃은 사람처럼 원구는 묵묵히 그 뒤를 따라갔다. 좀 전의 동욱의 수수께끼 같은 태도는 더욱 이해할 수 없는 무거운 그림자가 되어 원구의 머리를 뒤집어씌우는 것이었다. 동욱에게 재촉을 받고 방 안에 들어서는 원구를 동욱은 반항적인 태도로 힐끔 쳐다보는 것이었다. 물론 일어서거나 옮겨 앉으려고도 하지 않았다. 비 오는 날인 데다가 창문까지 거적때기로 가리어서 방 안은 굴속같이 침침했다. 다다미 여덟 장 깔리는 방 안은, 다다미 위에다 시멘트 종이로 장판 바르듯 한 것이었다. 한켠 천장에서는 쉴 사이 없이 빗물이 떨어졌다. 빗물 떨어지는 자리에는 양동이가 놓여 있었다. 촐랑촐

turned around again, he suddenly shuddered. A pale face had emerged clearly in front of a straw sack hanging inside a window, again like a portrait on a canvas. It was Dong-ok. Why is she standing in front of a rain-blown window and maliciously staring at me like that? In front of Won-gu, who had turned around again, feeling a chill through his entire body, because he remembered the childhood story of a sly fox seducing a man, a man was approaching him under a torn oiled paper umbrella. Luckily, it was Dong-wook. He was holding a straw-net bag containing vegetables and pieces of fish. He said he had just been out to buy groceries. Insisting that Won-gu should not go back after coming all the way in the rain, Dong-wook pulled Won-gu by the hand. Won-gu followed him silently, like someone who doesn't even have the strength to speak. Dong-ok's puzzling attitude now became an even darker, enigmatic shadow hanging over Won-gu's head. When Won-gu entered the room, on Dong-wook's urging, Dong-ok defiantly glanced at him sideways. She didn't so much as stand up or even move. Since it was a rainy day and all the windows were covered with straw sacks, the room was as dark as a cave. The *tatami* floor of the

랑 쪼르륵 출랑, 빗물은 이와 같은 연속적인 음향을 남기며 양동이 안에 가 떨어지는 것이었다. 무덤 속 같은 이 방 안의 어둠을 조금이라도 구해 주는 것은 그래도 빗물 소리뿐이었다. 그러나 그 빗물 소리마저, 양동이에 차츰 물이 늘어갈수록 우울한 음향으로 변해 가는 것이었다. 동욱은 별로 원구와 동옥을 인사시키거나 소개하려 하지 않았다. 동욱은 젖은 옷을 벗어서 걸고, 런닝과 팬티 바람으로 식사 준비를 할 터이니 잠깐만 앉아 있으라고 하고 부엌으로 나가는 것이었다. 부엌이라야 따로 있는 것이 아니라, 비어 있는 옆방이었다. 다다미는 걷어서 벽 한구석에 기대어놓아, 판장뿐인 실내에는 여기저기 빗물이 오줌발처럼 쏟아졌다. 거기에는 취사도구가 너저분하니 널려 있는 것이었다. 연기가 들어간다고 사잇문을 닫아버리고 나서, 동욱은 풍로에 불을 피우느라고 부채질을 하며 야단이었다. 열 시가 조금 지난 회중시계를 사잇문 틈으로 꺼내 보이며, 도대체 조반이냐 점심이냐는 원구의 질문에, 동욱은 닝글닝글하며 자기들에게는 삼시의 구별이 없다고 했다. 언제든 배고프면 밥을 끓여 먹고, 밥 생각이 없는 날은 종일이라도 굶고 지낸다는 것이었다. 동욱이가 부엌에서 혼자

room the size of eight *tatamis* was covered with ce-
ment sack paper instead of oilpaper. From one side
of the ceiling, rainwater was falling continuously.
There was a bucket underneath it. The rain fell into
the bucket, making a continuous sound...splash,
splash, trickle, splash. The rain sound was the only
redeeming element in this room as dark as a tomb.
But even this sound of rain became gloomy as the
water gradually filled the bucket. Dong-wook did
not try to introduce Won-gu and Dong-ok to each
other. He just took off and hung his wet clothes,
and went to the kitchen, wearing only a sleeveless
undershirt and pants, after asking Won-gu to wait
for a moment while he prepared dinner. The kitch-
en wasn't a real kitchen, but only an adjacent empty
room. There, where the wooden floor was visible
because all the *tatamis* were taken out and stood
leaning on a wall, rain fell here and there like urine.
Kitchen utensils lay scattered all over the room. Af-
ter closing the door between the two rooms, to
prevent smoke from entering the room, Dong-
wook could be heard making a fuss over lighting
and fanning a portable cooking stove. When Won-
gu showed his watch, which indicated a little past
10 a.m., to Dong-wook through the door he had

바삐 돌아가는 동안 동옥은 역시 한자리에 앉아 꼼짝도 하지 않았다. 동옥은 가끔 하품을 하며 외국에서 온 낡은 화보를 뒤적이고 있었다. 그러한 동옥이와 마주 앉아 자기는 도대체 무엇을 생각해야 하며, 또한 어떠한 포즈를 지속해야 하는가? 원구는 이런 무의미한 대좌(對坐)를 감당할 수 없어 차라리 부엌에 나가 풍로에 부채질이나마 거들어줄까도 생각해 보는 것이었다. 그러나 그만한 행동도 이 상태로는 일종의 비약이라 적지 아니한 용기가 필요했다. 그러는 동안 원구는 별안간 엉덩이가 척척해 들어옴을 의식했다. 양동이의 빗물이 넘어서 옆에 앉아 있는 원구의 자리로 흘러내린 것이었다. 원구는 젖은 양복바지의 엉덩이를 만지며 일어섰다. 그제서야 동옥도 양동이의 물이 넘는 줄을 안 모양이다. 그러나 동옥은 직접 일어나서 제 손으로 치우려고 하지도 않았다. 앉은 채 부엌 쪽을 향해, 오빠 물 넘어, 했을 뿐이었다. 동욱은 사잇문을 반쯤 열고 들여다보며, 이년아, 네가 좀 치우지 못해? 하고 목에 핏대를 세웠다. 그러자 자기가 나서기에 절호한 기회라고 생각한 원구는, 내가 내다 버리지 하고 한 손으로 양동이를 들어올렸다. 그러나 한 걸음도 미처 발을 옮겨 놓을 사

cracked open, and asked him whether it was break-
fast or lunch he prepared, Dong-wook smiled
ironically and said that his sister and he didn't have
three meals a day regularly; that they cooked rice
whenever they felt hungry and didn't eat all day
long when they didn't feel like it. While Dong-wook
was busy in the kitchen alone, Dong-ok stubbornly
remained seated. She yawned, from time to time,
flipping through an old picture book. Given her at-
titude, what was Won-gu supposed to think and
what attitude was he supposed to take? Unable to
cope with this pointless situation, Won-gu thought
he might prefer to go into the kitchen and help
Dong-wook fan the stove. To do even that, a sort
of leave-taking, however, would require of him not
a little courage. Meanwhile, Won-gu was suddenly
aware that his trouser bottom was getting wet. The
rainwater overflowed from the bucket and was
wetting the floor where he sat. He touched the
bottom of his trouser and got up. It was only then
that Dong-ok seemed to realize the rainwater had
overflowed. But she didn't stand up to empty the
bucket. She sat where she had been, and only said,
Brother, the water overflows. Dong-wook cracked
open the door, peeked into the room, and said an-

이도 없이 양동이는 철그렁 하는 소리와 함께 한 옆이
떨어지며 물이 좌르르 쏟아졌다. 손잡이의 한쪽 끝 갈
고리가 고리 구멍에서 벗겨진 것이었다. 순식간에 방바
닥은 물바다가 되고 말았다. 여지껏 꼼짝 않고 앉아 있
던 동옥도 그제만은 냉큼 일어나 한 걸음 비켜서는 것
이었다. 그 순간의 동옥의 동작이 예사롭지가 않았다.
원구에게 또 하나 우울의 씨를 뿌려주는 것이었다. 원
피스 밑으로 드러난 동옥의 왼쪽 다리가 어린애의 손목
같이 가늘고 짧았기 때문이다. 그러한 다리를 옮겨 디
디는 순간, 동옥의 전신은 한쪽으로 쓰러질 듯이 기울
어지는 것이었다. 동옥은 다시 한 번 그 가늘고 짧은 다
리를 옮겨놓는 일 없이, 젖지 않은 구석 자리에 재빨리
주저앉아 버리고 말았다. 그러고는 희다 못해 파랗게
질린 얼굴에 독이 오른 눈초리로 원구를 잡아먹을 듯이
노려보는 것이었다. 동옥의 시선을 피하여, 탁류의 대
하 가운데 떠 있는 것 같은 공포에 몸을 떨며, 원구는 마
지막 기력을 다하여 허위적거리듯, 두 발로 물 괸 방바
닥을 절벅거려 보는 것이었다.

그 뒤로는 비가 와서 가게를 벌일 수 없는 날이면 원
구는 자주 동옥이네 집을 찾아가는 것이었다. 불구인

grily, Bitch, can't you empty it? Then Won-gu thought it was a good opportunity to move and lifted the bucket by its handle, saying, I'll empty it. But even before he took a step forward, the bucket dropped from his hand with a splat and the all the water poured out of one side of it. The hook connecting the handle to the bucket had slipped out of its hole. Instantly, there was a puddle of water all over the room. Dong-ok, who hadn't moved at all, immediately got up and took a step aside. Her movement was unusual and sowed a seed of sadness in Won-gu's mind. Dong-ok's left leg under her dress was as thin and short as a child's wrist. When she took a step, her body leaned to one side, as if it would fall. Dong-ok didn't take another step, and immediately sat down on a dry corner. Then she glared at him with fierce eyes from her pale, bluish face. Avoiding Dong-ok's glare and fearfully trembling, because he felt as if he was floating in the midst of the ocean of a turbid stream, Won-gu splashed the floor with his feet, as if he was floundering and trying not to drown.

After that, whenever Won-gu couldn't open his wagon shop because of the rain, he visited Dong-wook's house. Although he had no reason to feel

그 신체와 같이, 불구적인 성격으로 대해 주는 동옥의 태도가 결코 대견할 리 없으면서도, 어느 얄궂은 힘에 조종당하듯이, 원구는 또다시 찾아가지 아니할 수 없는 것이었다. 침침한 방 안에 빗물 떨어지는 소리가 듣고 싶어서일까? 동옥의 가늘고 짧은 한쪽 다리가 지니고 있는 슬픔에 중독된 탓일까? 이도 저도 아니면, 찾아갈 적마다 차츰 정상적인 데로 돌아오는 동옥의 태도에 색다른 매력을 발견한 탓일까? 정말 동옥의 태도는 원구가 찾아가는 횟수에 따라 현저히 부드러워지는 것이었다. 두 번째 찾아갔을 때 동옥은 원구를 보자 얼굴을 붉히었다. 그러고는 고개를 숙였다. 세 번째 찾아갔을 때는 원구를 보자 동옥은 해죽이 웃어 보인 것이었다. 그러나 그것은 우울한 미소였다. 찾아갈 때마다 달라지는 동옥의 태도가 원구에게는 꽤 반가운 것이었다. 인사불성에 빠졌던 환자가 제정신으로 돌아온 때처럼 고마웠다. 첫 번 불렀을 때는 눈을 감은 채 아무런 반응도 없던 환자가, 두 번째 부르자 눈을 간신히 떴고, 세 번째 불렀을 때는 제법 완전히 눈을 떠서 좌우를 둘러보다가 물 좀, 하고 입을 열었을 경우와 같은 반가움을 원구는 동옥에게서 경험하는 것이었다. 두 번째 갔을 때에는 지

gratified by Dong-ok's crippled attitude toward him, like her crippled body, he couldn't resist his perverse attraction toward that house. Was it because he wanted to hear the sound of the rainwater dropping in the darkened room? Was it because he was addicted to the sadness of Dong-ok's thin and short leg? If not, then, could it be because he was strangely attracted to Dong-ok, whose attitude had gradually become more normal the more Won-gu visited? For, indeed, Dong-ok's attitude had notably softened as his visits increased. The second time Won-gu visited their house, Dong-ok blushed and bowed her head. The third time, she smiled sweetly, though it was a melancholy smile. Won-gu was very glad to see her attitude change whenever he visited. He felt as grateful as he would from seeing an unconscious patient regain consciousness. His gladness at seeing her changed attitude was like observing a patient going through each step of recovery: it was as if someone with eyes closed the first time managed to open their eyes, when called the second time, and, then, when called the third time, looked around and asked for water. The second time Won-gu visited, there was no bucket where it had been the last time. Instead,

난번 빗물 쏟아지던 자리에 양동이가 놓여 있지 않았
다. 그 자리에는 제창[15] 떼꾼히[16] 구멍이 뚫려 있었다.
주먹이 두어 개나 드나들 만한 그 구멍은 다다미에서부
터 그 밑의 널판까지 뚫리어 있었다. 천장에서 흘러내
리는 빗물은 그 구멍을 통과하여 널판 밑 흙바닥에 둔
탁한 음향을 남기며 떨어졌다. 기실 비는 여러 군데서
새는 모양이었다. 널빤지로 된 천장에는 사방에서 빗물
듣는 소리가 났다. 천장에 떨어진 빗물은 약간 경사진
한쪽으로 흘러오다가 소 눈깔만한 옹이구멍으로 새어
흐르는 것이었다. 그날만 해도 원구와 동욱이가 주고받
는 말에 비교적 냉담한 동옥이었다. 그러나 세 번째 갔
을 때부터는 원구와 동욱이가 웃을 때는 함께 따라 웃
어주는 것이었다. 간혹 한두 마디씩은 말추렴에도 들었
다. 그날은 일찌감치 저녁을 얻어먹고 돌아오려고 하는
데, 비가 하도 세차게 퍼부어서 자고 오는 수밖에는 없
었다. 한 손에 우산을 들고 선 채, 회색 장막을 드리운
듯, 비에 뿌예진 창밖을 내다보며 망설이고 있는 원구
의 귀에, 고집 피우지 말고 자고 가라는 동욱의 말에 뒤
이어, 이런 비에는 앞 도랑에 물이 불어서 못 건너십니
다, 하는 동옥의 음성이 들린 것이었다. 그날 밤 비로소

there was a hole on the floor. It was large enough to fit two fists through the *tatami* mat and the floorboard underneath. The rainwater dropped through a hole in the ceiling and the hole in the floor, and then dropped onto the soil underneath with dull thuds. In fact, the rainwater seemed to fall from many places in the ceiling. He could hear the sound of rainwater dropping all over the ceiling, which was made of boards. The rainwater would flow down from different points of the slightly sloping ceiling and gather at the lowest point and drop through a knotted hole the size of a cow's eye. This second time, Dong-ok distanced herself from Won-gu and Dong-wook's conversation. However, on Won-gu's third visit, she would laugh when they laughed, and occasionally chimed in during their conversation. That night, Won-gu intended to leave before it was late, after having an early dinner, but he thought he might have to stay the night because it rained hard. When he was hesitating, with an umbrella in his hand, and looking out the hazy window, like a gray curtain, he first heard Dong-wook say not to be stubborn and stay the night, and then Dong-ok's voice saying, On a day like this you cannot cross the stream in front of the house, as it

원구는 가벼운 기분으로 동옥에게 말을 걸 수가 있었던 것이다. 언제부터 그림 공부를 했느냐니까, 초상화 따위가 뭐 그림인가요, 하고 그 우울한 미소를 지어 보이는 것이었다. 원구는 동옥의 상처를 건드릴 만한 말은 일체 꺼내지 않았다. 어렸을 때 얘기가 나서 어딜 가나 강아지 새끼처럼 쫓아다니는 동옥이가 귀찮았다는 말을 하고, '중중 때때중'을 자랑스레 부르고 다녔다니까 동옥의 눈이 처음으로 티 없이 빛나는 것이었다. 갑자기 동욱이가 '중중 때때중' 하고 부르기 시작하자 동옥도 가느단 소리로 따라 부르는 것이었다. 노랫소리가 그치고 나니 방 안에는 빗물 떨어지는 소리가 유달리 크게 들리었다. 비가 들이치는 바람에 바깥 벽 판장 틈으로 스며드는 물은 실내의 벽 한구석까지 적시기 시작하는 것이었다. 그런데 이상한 것은 동옥을 대하는 동욱의 태도였다. 대수롭지 않은 일에도 이년 저년 하고 욕을 퍼붓는 것이다. 부엌에서 들여보내는 음식 그릇을 한 손으로 받는다고 해서, 이년아, 한 손으로 그러다가 또 떨어뜨리고 싶으냐, 하고 눈을 흘겼고, 남포에 불을 켜는데, 불이 얼른 댕기지 않아 성냥알을 두 개비째 꺼내려니까, 저년은 밥 처먹구 불두 하나 못 켜, 하고 노려

must be overflowing. That night, Won-gu could talk to Dong-ok casually for the first time. When he asked when she had learned to make art, she smiled woefully, and said, You can't call these portraits art. Won-gu didn't say a word that might hurt Dong-ok. When they happened to talk about their child-hoods, he said he had been annoyed by Dong-ok following him and her brother around everywhere. He then said that she was proudly chanting "Monk, monk, young monk," which made her eyes shine brightly for the first time. Suddenly, Dong-wook began chanting "Monk, monk, young monk," and Dong-ok joined in in a thin voice. After stopping, the sound of raindrops felt louder. As the rain drove at the house, rainwater seeped into the gap between the siding panels and began to wet a cor-ner of the room. What was strange, however, was Dong-wook's attitude toward Dong-ok. He cursed at her for trivial things. When she took food plates from the kitchen with one hand, he scowled at her and said, Do you want to drop it again, bitch? When she took out a second match to light a lamp, because the first one didn't seem to work, he glared at her and said, That bitch shoves down food and can't even light a lamp. Whenever this

보는 것이었다. 그럴 때마다 동옥은 말없이 마주 눈을
흘겼다. 빨래와 바느질만은 동옥의 책임이지만 부엌일
은 언제나 동욱이가 맡아 한다는 것이었다. 동옥이가
변소에 간 틈에, 될 수 있는 대로 위로해 주지 않고 왜
그리 사납게 구느냐니까, 병신 고운 데 없다고 그년 맘
쓰는 게 모두가 틀렸다는 것이다. 우선 그림 값만 하더
라도 얼마 전까지는 받아오면 반씩 꼭 같이 나눠 가졌
는데, 근자에 와서는 동욱을 신용할 수가 없다고 대소
에 따라 한 장에 얼마씩 또박또박 선금을 받고야 그려
준다는 것이었다. 생활비도 둘이 꼭 같이 절반씩 부담
한다는 것이다. 동옥은 자기가 병신이기 때문에 부모
말고는 자기를 거두어 오래 돌봐줄 사람이 없으리라는
것이다. 오빠도 언제든 자기를 버릴 것이 아니겠느냐!
그렇기 때문에 자기는 자기대로 약간이라도 밑천을 장
만해 두어야 비참한 꼴을 면하지 않겠느냐고 한다는 것
이었다. 그러한 동옥의 심중을 생각할 때, 헤어져 있으
면 몹시 측은하기도 하지만, 이상하게 낯만 대하면 왜
그런지 안 그러리라 안 그러리라 하면서도 동욱은 다자
꾸 화가 치민다는 것이다. 동옥은 불을 끄고는 외로워
서 잠을 이루지 못한다고 했다. 반대로 동욱은 불을 꺼

happened, Dong-ok silently scowled at him. Won-gu found that while Dong-ok was in charge of laundry and sewing, Dong-wook took charge of kitchen. While Dong-ok went to the bathroom, Won-gu asked Dong-wook why he was so harsh toward his sister, instead of trying to comfort her. Dong-wook said, As they say, there's nothing pretty about a cripple—that bitch's heart is hopelessly distorted. According to Dong-wook, she, not trusting her brother, had recently demanded that he pay for her portrait pieces according to their sizes and in advance, unlike before, when they had divided the payment between them after he had delivered the portraits and received payment. She also insisted that they split their living expenses equally. Her argument was that because she was a cripple no one would take care of her for a long time, except for her parents, and that her brother would leave her at any time! Thus she had to have a little savings to avoid falling into complete misery. Dong-wook said that he felt sorry for her when he wasn't seeing her from the front, but that he felt really upset whenever he saw her, even though he repeatedly said to himself that he shouldn't. Also, Dong-ok couldn't fall asleep in the dark because she felt

야만 안심하고 잠을 들 수가 있다는 것이었다. 동욱은
어둠만이 유일한 휴식이노라 했다. 낮에는 아무리 가만
하고 앉았거나 누워 뒹굴어도 걸레처럼 전신에 배어 있
는 피로가 가시지 않는다는 것이었다. 그러한 동욱은
심지를 낮추어서 아랑신하니[17] 켜놓은 불빛에도 화를
내어, 이년아, 아주 꺼버리지 못해 하고 소리를 질렀다.
동옥은 손을 내밀어 심지를 조금 더 낮추었다. 그러고
나서, 누가 데려 오랬나 차라리 어머니하고 거기 있을
걸 괜히 왔지, 하고 쫑알대는 것이었다. 그러자 동욱은
벌떡 일어나며, 이년, 다시 한 번 그 주둥일 놀려 봐라,
나두 너 같은 년 끌구 오구 싶지 않았다, 어머니가 하두
애원하시듯, 다 버리구 가더래두 네년만은 데리구 가라
구 하 조르기에 끌고 와 이 꼴이다, 하고 골을 내는 것이
었다. 동옥은 말없이 저편으로 돌아누웠다. 어렴풋이
불빛이 있음에도 불구하고 어둠이 가슴을 내리누르는
것 같아서 원구는 오래도록 잠을 이룰 수가 없었다. 동
욱도 잠이 안 오는 모양이었다. 동옥 역시 필경 잠이 들
지 않았으련만 죽은 듯이 가만하고 있었다. 후두둑후두
둑 유리 없는 창문으로 들이치는 빗소리를 들으며, 사
십 주야를 비가 퍼부어서 산꼭대기에다 배를 묶어둔 노

lonely, whereas Dong-wook could feel secure and fall asleep only when they turned off the light. Dong-wook said that, to him, the darkness was the only rest, that he couldn't get rid of his sense of exhaustion, which permeated his body like a wet rag during the daytime even while he lay still. Dong-wook would then get angry with her, even with the dimly lit lamp with its wick lowered, and yell, Bitch, why don't you just put that out! Dong-ok would lower the wick a little and murmur, Who told you to take me here? I would rather have stayed there with mother. Then Dong-wook abruptly would stand up and yell at her, Bitch, hold your tongue! I didn't want to drag along a bitch like you. I brought you only because mother begged me so desperately, saying I should bring you even if I had to leave everything else behind. Now this is what I get. Dong-ok silently turned around toward the other side. Although there was a dim light, Won-gu felt as if the darkness was weighing him down and couldn't fall asleep for a long time. Dong-wook seemed not to be able to fall asleep either. Dong-ok probably wasn't falling asleep, as well, but she lay silently, like a dead body. Listening to the sound of rainwater driving into the glassless windows,

아네 가족만이 남고 세상이 전멸을 해버렸다는, 구약성경에 나오는 대홍수를 원구는 생각해 보는 것이었다. 그러다가 어렴풋이 잠이 들려고 하는 때였다. 커다란 적선으로 생각하고, 동욱과 결혼할 용기는 없는가? 하는 동욱의 음성이 잠꼬대같이 원구의 귀를 스쳤다. 원구는 눈을 떴다. 노려보듯이 천장을 바라보며 그는 반듯이 누워 있었다. 동욱의 입에서 다시 무슨 말이 흘러나올지도 모른다는 긴장을 느끼면서. 그러나 동욱은 아무 말이 없었다. 빗물 떨어지는 소리만이 여전히 계속되고 있을 뿐이었다. 원구가 또다시 간신히 잠이 들락할 때였다. 발치 쪽에서 빠드득 빠드득 하는 이상한 소리가 났다. 원구는 정신을 바짝 차리고 귀를 재웠다. 뱀에게 먹히는 개구리 소리 비슷한 그 소리는 뒷벽 켠에서 들리는 것이었다. 원구는 이번에는 상반신을 일으키고 앉아 귀를 기울이는 것이었다. 그 바람에 동욱이도 눈을 떴다. 저게 무슨 소리냐고 한즉, 뒷방의 계집애가 자면서 이 가는 소리라는 것이다. 이 뒷방에도 사람이 사느냐니까, 육순이 넘은 노파가 열두 살 먹은 손녀를 데리고 산다고 했다. 그 노파가 바로 이 집 주인인데, 전차 종점 나가는 길목에 하꼬방[18] 가게를 내고, 담배, 성

Won-gu thought of the great deluge in the Old Testament, in which the entire world, except for Noah's family, who had their ark on a mountaintop, was destroyed in a 40-day-and-night rainstorm. When Won-gu was about to doze off, Dong-wook's voice grazed his ears like a somniloquy: Don't you have the courage to marry Dong-ok, considering it an act of charity? Won-gu opened his eyes. He stared up at the ceiling while lying stiff. He felt nervous, because he didn't know what other words would fly out of Dong-wook's mouth. However, Dong-wook kept silent. Won-gu could hear only endless raindrops. When he was dozing off again, he could hear a strange creaking or grating sound below his feet. Wide awake, Won-gu listened to it. He could hear this sound like a frog being swallowed by a snake coming from the wall behind him. This time, Won-gu sat up and listened, which awakened Dong-wook as well. When Won-gu asked him what the sound was, Dong-wook said it was the girl grating her teeth while sleeping next door. When Won-gu asked if there were other people living next door, Dong-wook said a grandmother of sixty lived with a girl of twelve. This elderly lady was his landlady and she barely managed

냥, 과일, 사탕 같은 것들을 팔아서 근근이 생활해 가고
있다는 것이었다. 뒷집 소녀는 잠만 들면 반드시 이를
간다는 것이었다. 동욱도 처음 며칠 밤은 그 소리에 골
치를 앓았지만, 요즘은 습관이 되어 괜찮노라고 했다.
이러한 방에서 빗물 떨어지는 소리와 이 가는 소리를
듣고 지나면 아무라도 신경과민이 될 것이라고 생각하
며, 원구는 좀 전에 동욱이가 잠꼬대처럼 한 말의 의미
를 되새겨 보는 것이었다.

  사오 일 지나서였다. 오래간만에 비가 그치고 제법 날
이 훤해져서, 잡화를 가득 벌여놓은 리어카를 지키고
섰노라니까, 다 저녁때 원구의 어깨를 치는 사람이 있
었다. 동욱이었다. 그는 역시 소매와 깃이 다 처진 저고
리와 검은 줄이 간 회색 쯔봉을 입고 있었다. 옷이라고
는 그것밖에 없는 모양이라, 비에 젖은 것을 그냥 짜서
말리곤 해서 여기저기 구김살이 져 있었다. 그보다도
괴이한 채플린식의 그 검정 단화의 주먹 같은 코숭이가
말이 아니었다. 장화 대용으로 진창을 막 밟고 다녀서
온통 흙투성이였다. 그러한 동욱의 꼴에, 원구는 이상
하게 정이 갔다. 리어카를 주인집에 가져다 맡기고 와
서 저녁을 같이 하자고 원구는 동욱의 손을 끌었다. 동

to survive, by selling cigarettes, matches, fruits, and candies in a shack on the way to the last train stop. Dong-wook also said that the girl always ground her teeth while sleeping. Dong-wook himself had a hard time because of the sound, in the beginning, but now he was used to it. Thinking that anybody could become overly sensitive, however, if they lived in such a room, listening incessantly to the sounds of raindrops and teeth-grating, Won-gu pondered the meaning of Dong-wook's somniloquy.

Four or five days later, when the sun was finally peeking out, after a lengthy rainy season, and shining brightly, while Won-gu was standing in front of his wagon full of sundries to sell, he felt someone touch him on his shoulder. It was Dong-wook, still wearing a jacket with frayed sleeves and collar and gray trousers with black checks like a checkerboard. Perhaps that was his only suit. It was wrinkled in places, probably because he had simply wrung it dry whenever it got wet. But more noticeable were the fist-like toes of his grotesque, black, Chaplin-like shoes. They were covered with mud, as he waded through puddles with them in the absence of rain boots. Won-gu felt strangely friendli-

욱은 밥보다도 술 생각이 더 간절하다고 했다. 두 가지 다 먹을 수 있는 집으로 원구는 동욱을 안내했다. 술이 몇 잔 들어가 얼근해지자 동욱은 초상화 '주문 도리'[19]를 폐업했노라고 했다. 요즘은 양키들도 아주 약아져서 까딱하면 돈을 잘리거나 농락당하기가 일쑤라는 것이다. 거기에다 패스 없는 사람의 출입을 각 부대가 엄중히 단속하기 때문에 전처럼 드나들 수가 없다는 것이었다. 며칠 전에는 돈 받으러 몰래 들어갔다가 순찰장교에게 걸려서 하룻밤 몽키 하우스[20]의 신세를 지고 나왔다는 것이다. 더구나 요즈음은 국민병 수첩까지 분실했으므로 마음 놓고 거리에 나와 다닐 수도 없다는 것이다. 분실계를 내고 재교부 신청을 하라니까, 그 때문에 동회로 파출소로 사오 차나 쫓아다녀 봤지만 까다롭게만 굴고 잘 들어주지 않는다는 것이다. 까짓것 나중에는 삼수갑산엘 갈망정 내버려둘 테라고 했다. 그래 차라리 군에라도 들어가 버릴까 싶어, 마침 통역장교를 모집하기에 그 원서를 타러 나왔던 길이노라고 했다. 어디 원서를 좀 구경하자니까 동욱은 닝글닝글 웃으며, 수속이 하두 복잡하고 번거로워 아예 단념하고 말았다는 것이다. 동욱은 한동안 말이 없이 술잔을 빨고 앉았다가, 가

er toward him for this ridiculous appearance. After leaving his wagon with his landlord, Won-gu invited Dong-wook to dinner. Dong-wook said he wanted liquor much more than dinner. Won-gu led him to a place where they could get both. A bit drunk after a few drinks, Dong-wook said that he shut up his portrait-on-order business. As "Yankees" became cleverer these days, he was often bilked or tricked by them. In addition, as military bases clamped down on people without passes, he could not enter them as freely as before. A few days ago, when he secretly entered to collect fees, he had been found out by a patrolling officer and had had to stay overnight in the monkey house. Besides, since he had lost his military record pocketbook, he couldn't walk freely around on the streets. Won-gu told him that he should report it lost and get a replacement. But Dong-wook said he had tried to, but had failed, even after repeated visits to *dong* offices and police stations, where they simply gave him a hard time and did nothing. Dong-wook then said that he had given up, even though he might eventually end up in the traditional exile places like Samsu and Gapsan. He also said that he had gone to get the application form for a

끔 찾아와서 동옥을 좀 위로해 주라는 것이었다. 세상 사람들이 모두 자기를 조소하고 멸시한다고만 생각하고 있는 동옥은 맑은 날일지라도 일체 바깥 출입을 않고 두더지처럼 방에만 처박혀 산다는 것이다. 그리고 모든 사람에게 반감을 품고 있다는 것이다. 그러한 동옥도 원구만은 자기를 업신여기지 않고 자연스레 대해 준다고 해서 자주 찾아와 주기를 여간 기다리지 않는다고 했다. 초상화가 팔리지 않게 된 다음부터의 동옥은, 초조와 불안 속에서 한층 더 자신의 고독을 주체하지 못해 쩔쩔맨다는 것이었다. 동욱은 그러한 동옥이가 측은해 못 견디겠노라 했다. 언젠가처럼, 내가 자네람 동옥이와 결혼할 테야, 암 하구말구, 하고 동욱은 고개를 주억거리는 것이었다. 술집을 나와서 동욱은 이번에도 원구의 손을 꼭 쥐고 자기는 기어코 목사가 되겠노라고 했다. 동옥을 위해서나 자기 자신을 위해서나 그것만이 이 무거운 짐을 조금이라도 덜 수 있는 유일한 길인 것 같다는 것이었다.

그 뒤에 한 번은 딴 볼일로 동래까지 갔던 길에 동욱이네 집에 잠깐 들른 일이 있었다. 역시 그날도 장맛비는 구질구질 계속되고 있었다. 우산을 접으며 마루에

military interpreter officer position that day, think-ing he'd rather go in the military. When Won-gu asked him to show him the application form, Dong-wook smiled ironically and said he'd given up on the idea because the procedure was too complicated and troublesome. After silently sucking his liquor cup for a while, Dong-wook asked Won-gu to visit his house occasionally to comfort Dong-ok. According to Dong-wook, Dong-ok thought all people scorned and ignored her, and she never went out, even on sunny days, instead living like a mole, burrowed in the room. She was resentful to-ward everyone. Nevertheless, Dong-ok was look-ing forward to Won-gu's visits, saying that he didn't look down on her and treated her naturally. Ever since they stopped selling portraits on order, Dong-ok had been having a hard time managing her soli-tude, and she'd always been anxious and worried. Dong-wook said that he couldn't bear his own pity for her. As before, he said, If I were you, I'd marry Dong-ok. Of course I would, you can be sure of that, Dong-wook added and nodded. Leaving the restaurant, Dong-wook held Won-gu's hand tightly again and said he would definitely become a pas-tor. He said that seemed to be the only way to lift

올라서도, 동욱만이 머리를 내밀고 맞아줄 뿐, 동옥의 기척이 없었다. 방에 들어가 보니, 동옥은 담요로 머리까지 푹 뒤집어쓰고 죽은 사람처럼 누워 있었다. 이틀째나 저러고 자빠져 있다고 하며 동욱은 그 까닭을 설명했다. 동욱은 뒷방에 살고 있는 주인 노파에게, 동욱이도 모르게 이만 환이나 빚을 주고 있었는데, 노파는 이 집까지도 팔아먹고 귀신같이 도주해 버렸다는 것이다. 어제 아침에 집을 산 사람이 갑자기 이사를 왔기 때문에 그 사실을 알았는데, 이게 또한 어지간히 감때사나운[21] 자여서, 당장 방을 비워 내라고 위협하듯 한다는 것이다. 말을 마치고 난 동욱은, 요 맹꽁이 같은 년아, 글쎄 이게 집이라고 믿고 돈을 줘, 하고 발길로 동옥의 옆구리를 걷어찼다. 이년아, 이만 환이면 구화로 얼만 줄 아니, 이백만 환이다, 이백만 환이야, 내 돈을 내가 떼였는데 오빠가 무슨 상관이냐구? 그래 내가 없으면 네년이 굶어 죽지 않구 살 테냐? 너 같은 병신이 단 한 달을 독력으루 살아? 동옥은 다시 생각을 해도 악이 받치는 모양이었다. 원구를 위해 동옥은 초밥을 만든다고 분주히 부엌으로 들락날락했으나, 원구는 초밥을 얻어먹자고 그러고 앉아 견딜 수는 없었다. 그보다도 동옥

this heavy burden, both for Dong-ok and himself.

Another time since then, Won-gu dropped by Dong-wook's house on his visit to Dongrae on other business. It still rained tediously that day. When Won-gu stepped onto the floor of their home, while folding his umbrella, Dong-wook greeted him, but he couldn't see Dong-ok. In entering the room, he found Dong-ok lying covered with a blanket, like a dead body. Saying that she had been prostrate like that for two days, Dong-wook explained the reason: Dong-ok had lent 20,000 *hwan* to the elderly landlady without Dong-wook's knowledge, but the landlady had vanished after secretly selling the house. They found out about it only yesterday morning when the new owner of the house had moved into and demanded rudely and threateningly that they leave right away. After this explanation, Dong-wook kicked her on the side and yelled, You bitch, do you know how much 20,000 *hwan* is in the old money? That's two million *hwan*, two million, no less. Are you asking, Who am I to blame you for being cheated out of your money? So you think you can live without me and not starve? A cripple like you, living alone even for a month? The more Dong-wook thought about it, the angrier he seem-

이 이틀 동안이나 아무것도 먹지 않고 저러고 누워 있
다고 하니, 혹시 동욱이가 잠든 틈에라도 몰래 일어나
수면제 같은 것을 먹고 죽어 있지나 않는가 싶어 불안
한 생각이 솟았다. 원구는 조금이라도 더 앉아 견디기
가 답답해서 자리를 일어서며, 아무래도 방을 비워 주
어야 하겠거든, 자기도 어디 구해 보겠노라고 하니까,
동옥이가 인가(人家) 많은 데를 싫어하기 때문에 이 근
처에다 외딴집을 구하는 수밖에 없다는 동욱의 대답이
었다.

그 뒤로는 원구도 생활에 위협을 느끼기 시작했다. 한
달 가까이나 장마로 놀고 보니, 자연 시원치 않은 장사
밑천을 그럭저럭 축내게 된 것이다. 원구가 얻어 있는
방도 지리한 비에 습기로 눅눅해졌다. 벗어놓은 옷가지
며 이부자리에까지도 곰팡이가 끼었다. 그의 마음속에
까지 곰팡이가 스는 것 같았다. 이런 날 이런 음산한 방
에 처박혀 있자니, 동욱과 동옥의 일이 자연 무겁고 우
울하게 떠오르는 것이었다. 점심때가 거진 되어서 원구
는 퍼붓는 비를 무릅쓰고 집을 나섰다. 오늘은 동욱이
와 마주 앉아 곰팡이 슨 속을 씻어 내리며, 동옥이도 위
로해 줘야겠다고 생각하고, 원구는 술과 통조림을 사들

ed to become. Although Dong-wook was busy in the kitchen, to treat Won-gu with sushi, Won-gu didn't feel like enduring such a situation just for sushi. Besides, he was worried about whether Dong-ok might not have secretly taken sleeping pills and even died, if she had been lying still without eating or drinking anything for two days. Feeling stifled, Won-gu stood up and said that he would look for a place for them if they had to find a new home. Dong-wook responded that he had to find another remote house in this area because Dong-ok didn't like crowded areas.

Since that day, Won-gu himself had become threatened in his own livelihood. After almost a month of a rainy season, when he couldn't work because of the rain, he ended up using up most of his meager business funds. His room became damp from the tedious rain. His clothes and bedding gathered mold. Even his mind felt as if it was collecting mold. Shut in on a rainy day, he couldn't help remembering Dong-wook and Dong-ok and feeling heavy and gloomy. A little before lunchtime, Won-gu left his house despite the pouring rain. Thinking that he might wash away his moldy feeling by drinking liquor with Dong-wook and comforting Dong-ok,

고 찾아갔다. 낡은 목조 건물은 전과 마찬가지로 금방 쓰러질 듯이 빗속에 서 있었다. 유리 없는 창문에는 거적도 그대로 드리워 있었다. 그러나, 동욱이, 하고 원구가 불렀을 때, 곰처럼 마루로 기어 나오는 사나이는 동욱이가 아니었다. 이 집에서 살던 젊은 남녀는 어디 갔느냐는 원구의 물음에, 우락부락하게는 생겼으되 맺힌 데가 없이 어딘가 허술해 보이는 사십 전후의 그 사나이는, 아하 당신이 정(丁) 뭐라는 사람이냐고 하고, 대답 대신 혼자 머리를 끄덕끄덕하는 것이었다. 원구가 재차 묻는 말에 사나이는 자기가 이 집 주인이노라 하고 나서, 동욱은 외출한 채 소식 없이 돌아오지 않게 되었고, 그 뒤 동옥 역시 어디로 가버렸는지 모르겠다는 것이었다. 동욱이가 안 돌아오는지는 열흘이나 되었고, 동옥은 바로 이삼 일 전에 나갔다는 것이다. 원구는 더 무슨 말이 없이 서 있었다. 한 손에 보자기 꾸러미를 들고 한 손으로는 우산을 받고 선 채, 원구는 사나이의 얼굴만 멍하니 바라보는 것이었다. 원구는 그대로 발길을 돌려 몇 걸음 걸어 나가다가 되돌아와 보자기에 싼 물건을 끌러 주인 사나이에게 주었다. 이거 원, 이거 원, 하며 주인 사나이는 대뜸 입이 헤벌어졌다. 그러고는 자기

he brought liquor and canned food to their house. The dilapidated wooden house was standing precariously in the rain as it had been before. The straw sacks were still hanging on the glassless windows. But when Won-gu called Dong-wook, a man lumbering out of the house like a bear was not Dong-wook. When Won-gu asked him where the young man and woman who used to live there were, the rough and somewhat shabby-looking guy, who appeared to be in his forties, muttered, Aha, you must be that Jeong Someone, and then nodded his head instead of answering. When Won-gu asked again, he said that he was the owner of the house and that Dong-wook hadn't returned one day about ten days ago and Dong-ok had also disappeared only two or three days ago. Won-gu stood silently. With a bundle in one hand and an umbrella in the other, he stared blankly at the man's face. Then he turned around and went back, but then returned again and gave the bundle he'd brought to the new owner of the house. The man's mouth was ajar with joy, and he said, Oh, please, oh, please. Then he said he couldn't treat Wong-gu with lunch because his wife and children were out to do business, but invited him in to smoke a ciga-

여편네와 아이들이 장사 나갔기 때문에 점심 한 그릇 대접할 수는 없으나, 좀 올라와 담배라도 피우고 가라고 권하는 것이었다. 무슨 재미로 쉬어 가겠느냐고 하며 원구가 돌아서려니까, 주인은, 잠깐만 하고 불러 세우고 나서, 대단히 죄송하게 되었노라고 하며 사실은 동옥이가 정 누구라고 하는 분이 찾아오면 전해 달라고 편지를 맡기고 갔는데, 그만 간수를 잘못해서 아이들이 찢어 없앴다는 것이다. 그래도 아무 말을 않고 멍청히 서 있는 원구를, 주인 사나이는 무안한 눈길로 바라보며 동욱은 아마 십중팔구 군대에 끌려 나갔을 거라고 하고, 동욱은, 아이들처럼 어머니를 부르며 가끔 밤중에 울기에, 뭐라고 좀 나무랐더니 그 다음날 저녁에 어디론가 나가버렸다는 것이다. 죽지나 않았을까, 자살을 하든, 굶어죽든…… 하고 혼잣말처럼 중얼거리며 돌아서는 원구의 등에다 대고, 중요한 옷가지랑은 꾸려 가지고 간 모양이니 자살할 의사는 없었음이 분명하고, 한편 병신이긴 하지만, 얼굴이 고만큼 뱅뱅하고서야,[22) 어디 가 몸을 판들 굶어 죽기야 하겠느냐고 주인 사나이는 지껄이는 것이었다. 얼굴이 고만큼 뱅뱅하고서야 어디 가 몸을 판들 굶어 죽기야 하겠느냐는 말에, 이상

rette together. Won-gu refused and turned around, saying: What fun would it be for me to rest there in this situation? The man stopped him, saying, Wait a moment, and then said he was very sorry, but in fact Dong-ok had left a letter for a Jeong Somebody, but the landlord's children had unknowingly torn it up, because it wasn't stored safely. Won-gu stood still without saying a word. The man looked at him embarrassingly and said that Dong-wook must have been captured to be enlisted, and that Dong-ok had left a day after he, the landlord, had scolded her a little for crying and calling her mother at night like a child. While Won-gu turned and said, I wonder if she didn't die, either by committing suicide or starving, the man went on that she must not have intended to commit suicide, because she took her essential clothing with her, and that she probably wouldn't starve to death either, because with her nice-looking face, she could at least sell her body wherever she went, even though she was a cripple. Won-gu felt strangely alert and angry at his words, "she probably wouldn't starve to death, because with her nice-looking face, she could at least sell her body wherever she went." He felt like retorting, You scum, you must have sold

하게 원구는 정신이 펄쩍 들어, 이놈 네가 동옥을 팔아 먹었구나, 하고 대들 듯한 격분을 마음속 한구석에 의식하면서도, 천근의 무게로 내리누르는 듯한 육체의 중량을 감당할 수 없어 그는 말없이 발길을 돌이켰다. 이놈, 네가 동옥을 팔아먹었구나, 하는 흥분한 소리가 까마득히 먼 곳에서 자기를 향하고 날아오는 것 같은 착각에 오한을 느끼며, 원구는 호박넝쿨 우거진 밭두둑길을 잃고 난 사람 모양 허전거리는[23] 다리로 걸어 나가는 것이었다.

1) 왕방(往訪). 가서 찾아봄.
2) 쯔봉. jubon(쓰봉). '양복바지'의 잘못.
3) 차프링. 채플린.
4) 뒤다. '뒤치다(엎어진 것을 젖혀 놓거나 자빠진 것을 엎어 놓다)'의 방언.
5) 입때. 여태.
6) 다자꾸. 자꾸자꾸(북한어).
7) 말쩬. 거북하고 불편한. 다루기에 까다로운(북한어).
8) 개와(蓋瓦). '기와'의 잘못. 기와는 지붕을 이는 데에 쓰기 위하여 흙이나 시멘트 따위를 구워 만든 건축 자재.
9) 가마니때기. 물건을 넣는 용기로 쓸 수 없는 헌 가마니 조각.
10) 잠북. 잠뿍. 꽉 차도록 가득.
11) 최뚝길. 밭둑길(북한어).
12) 캄파스. 캔버스(canvas).
13) 지우산(紙雨傘). 대오리로 만든 살에 기름 먹인 종이를 발라 만든 우산.
14) 저자구럭. '저잣구럭'의 북한어. 새끼 따위로 떠서 만든 장바구니.
15) 제창. 제때에 알맞게.
16) 뗴꾼히. 쾡하니.

her, but he also couldn't bear the thousand-*geun* weight that seemed to press him down and silently went away. Feeling chilly, while hearing an angry voice inside saying, You scum, you must have sold her, fly at him from far away, Won-gu staggered, like a recovering patient, on an embankment covered with vines.

Translated by Jeon Seung-hee

17) 아랑신하니. 희미하게.

18) 상자 같은 작은 방을 뜻하는 일본어.

19) 주문 도리. 일 주문을 받는 일.

20) 몽키·하우스. 유치장 살이.

21) 감때사납다. 사람이 억세고 사납다.

22) 밴밴하다. '반반하다'를 얕잡아 이르는 말.

23) 허전거리다. 다리에 힘이 아주 없어 쓰러질 듯이 계속 걷다.

* 작가 고유의 문체나 당시 쓰이던 용어를 그대로 살려 원문에
최대한 가깝게 표기하고자 하였다. 단, 현재 쓰이지 않는 말이
나 띄어쓰기는 현행 맞춤법에 맞게 표기하였다.

《문예(文藝)》, 1953

해설

Afterword

전후(戰後) 한국 사회의 축약도(縮約圖)

이현식 (문학평론가)

　손창섭의 「비 오는 날」은 한국전쟁의 휴전협정이 조인된 해인 1953년 11월 『문학예술』지에 발표된 단편소설이다. 작품이 발표된 시기가 상징하듯이 이 작품은 전쟁기에 한국의 사회상과 한국인들의 궁핍한 삶의 실태를 압축적으로 드러낸 작품이다. 요컨대 「비 오는 날」은 전후(戰後) 한국 사회의 축약도(縮約圖)나 마찬가지이다. 이제 그 축약도의 세부를 살펴보자.

　이 작품은 초점화자인 원구의 눈에 비친 동욱과 동욱 남매의 이야기이다. 우선 이들은 원구를 포함해 모두 월남민들이다. 전쟁통에 북의 체제를 버리고 남으로 내려왔기에 남쪽에서 생활을 유지할 기반도 갖고 있지 못

Son Chang-sop's "Rainy Days":
A Microcosm of Wartime Korean Society

Yi Hyun-Shik (literary critic)

Son Chang-sop's "Rainy Days" is a short story published in the magazine *Munhak Yesul* [Literary Arts] in November 1953, the year the Armistice Agreement was signed in late August that ended the three-year Korean War. As this publication date suggests, "Rainy Days" offers a window into wartime Korean society and the destitution that Koreans suffered at that time. Indeed, I believe we can call "Rainy Days" a microcosm of wartime Korean society. Then what did this microcosm look like?

"Rainy Days" presents the story of Dong-wook and Dong-ok, a brother and sister, as seen through the eyes of Won-gu, their friend and the story's

하다. 동욱 남매가 여동생인 동옥의 그림 솜씨를 이용해 미군들의 초상화를 그려주고 얻는 수입으로 간신히 생활하고 있다는 점이 이를 말해 준다. 동욱은 미군부대를 돌며 주문을 받는 한편 완성된 초상화를 배달하는 역할을 맡고 있다. 이들의 입성이라는 것도 교회에서 얻은 구제품이 유일한 외출복이다. 동욱은 크리스천이지만 애주가인데 술만 마시면 목사가 되겠다는 허황된 꿈만 읊조리고 있다. 이들이 살고 있는 집 역시 남루하기는 마찬가지이다. 산동네에서 외따로 떨어진 다 쓰러져가는 오두막인 데다가 비가 오면 천정 여기저기에서 물이 새고 빛도 들어오지 않는 곳이다. 이렇게 의식주를 유지하기에도 벅찬 것이 동욱과 동옥 남매의 삶이다. 동욱의 친구인 초점화자 원구라고 해서 크게 다를 바는 없다. 좌판 장사로 하루하루 생계를 이어가기는 그 역시 마찬가지이다. 전후 궁핍한 삶의 실체는 이런 것이었다.

그러나 「비 오는 날」은 다리가 불구여서 대인기피증(對人忌避症)까지 있는 동옥의 성격을 숨기지 않고 드러냄으로써 전후의 삶이라는 것이 경제적 궁핍에서 한 걸음 더 나아가 내면 심리의 뒤틀림으로까지 심각하게 훼

narrator. All three are refugees from North Korea, who came to the South as a result of their opposition to the North Korean system during the war, and who do not have any foundation for their subsistence in the South. The two siblings barely manage to survive by peddling portraits that the artistically talented sister, Dong-ok, draws for American GIs. Dong-wook takes orders from the U.S. military bases and delivers portraits that his sister finishes. Dong-wook's only street clothes are relief goods he gets from a church. Although a Christian, Dong-wook enjoys drinking, unlike other Christians in Korea at the time; whenever he drinks, he rambles about his dream of becoming a priest. The two siblings live in a ragged house in a remote area, a shack that looks as if it could fall down at any moment. During the rainy season, rainwater drops through holes in the roof and the inside of the house is dark because straw sacks cover the holes where windows used to be. The two young people lead a desperate life in which they struggle to meet their basic needs for clothing, food, and shelter. The life of Dong-wook's friend Won-gu is not so different from the siblings. He survives as a peddler with a wagon-shop. Such is the destitution of their

손된 상태라는 것을 암시하고 있다. 그런 점에서 초점화자를 통해 부각되고 있는 것은 동욱이기보다는 누이동생인 동옥이라고 할 수 있다. 동옥에게는 경제적 궁핍도 궁핍이지만 다리가 불구여서 사람들을 만나기를 몹시 꺼려하는 차가운 성격이 문제이다. 사람들과의 접촉을 피하기 위해 집도 외따로 떨어진 곳만 고집하고 일체 외부 출입을 하지 않는 동옥은 단절되고 고독한 상태에 놓여 있다. 그런 동옥의 삶에서 희망을 찾는 것은 쉽지 않다. 동옥이 자신의 삶을 유지하기 위해 유일하게 기댈 수 있는 끈은 돈과 오빠의 친구로 자주 집에 찾아오는 원구이다. 돈을 모아 놓지 않으면 자기의 삶이 파탄난다는 것을 동옥은 누구보다 잘 알고 있다. 같은 고향 출신으로 오빠의 친구인 원구에게도 점차 마음을 열어가고 동욱 또한 원구가 누이동생인 동옥과 결혼해 줄 것을 부탁하기도 한다. 그러나 이 작품에서는 동옥이 돈도 잃고 원구와의 연결도 끊김으로 인해 삶의 조건이 극단적인 위기로 몰리게 되는 것으로 결말을 맺는다. 상황은 그만큼 절망적인 것이다. 「비 오는 날」에서 작가는 동옥이라는 존재와 그가 겪은 사건을 통해 출구가 없는 전후 한국 사회와 한국인의 삶을 그대로

lives during the war.

In addition, the destitution in "Rainy Season" is not limited to objective living conditions. Dong-ok's crippled body and psychological condition bordering on anthropophobia suggest the psychologically distorted state of wartime Koreans. In fact, through Won-gu's eyes, Dong-ok draws more of our attention than Dong-wook does. She suffers from not only economic poverty but also from her coldly proud nature, which makes her avoid contact with other people. Because of Dong-ok's wish not to mix with people, the siblings live in a remote house, which Dong-ok never leaves, inviting isolation and solitude onto herself. To Dong-ok, there is hardly hope of escape from this situation. The only things she feels she can depend on, apart from her brother, are money and her brother's friend Won-gu. She knows well that her life would be completely destroyed without money. Although she gradually opens up to Won-gu, whom Dong-wook asks to marry his sister, she is driven to despair when she is scammed out of all her savings and loses contact with Won-gu at the end of the story. The situation at that time in Korean history was as grim. It seems that the author wanted to show the dead-end that

응축하여 보여주려고 했던 것으로 보인다. 작가는 전후 한국 사회를 희망을 잃어버린 공간으로 인식하고 있다.

이 작품의 배경 역시 암담하다. 작품의 제목 「비 오는 날」이 보여주듯이 작품은 내내 비가 오는 우중충한 날씨로 시종일관하고 있다. 지리한 장마가 지속되어 태양은 안 보이고 동욱 남매를 찾아가는 원구의 발걸음 역시 질척한 산길이어서 무겁기만 하다. 게다가 하염없이 비가 내리는 날의 산동네 외딴 오두막과 그 오두막의 비가 새는 방, 음습하고 축축한 기운 때문에 소설이 만들어내는 공간적 분위기 역시 암담하고 우울하다. 이렇게 설정된 소설의 무대와 날씨는 동욱 남매의 궁핍하고 폐쇄적인 생활과 조응하여 소설의 주제가 부각되는 데에 기여하고 있다.

그러나 이 소설에서 생각해 보아야 할 것은 이들 남매를 바라보는 원구의 시선이다. 초점화자인 원구는 동욱의 남매를 연민 어린 시선으로 바라보고 있다. 차갑기만 한 동옥에 대해서도 원구는 지속적인 관심을 보이고 있고 동옥 또한 조금씩 원구에게 마음을 열고 있다. 어설픈 희망을 보여주는 대신 현실의 냉정함을 보여줌으로써 소설은 비극으로 끝나고 있지만 그렇기에 사라

Korean society and Koreans felt during the war through his portrayal of Dong-ok—a portrayal of wartime Korea is a hopeless place.

The setting of this story is also intentionally dark and grim. As its title suggests, it is set entirely on rainy days. The rainy season drags on. Under the darkened, sunless sky, Won-gu's footsteps on his way to visit his friend and friend's sister are sluggish due to a mired and uphill path. With a remote hut and a damp room with its leaky ceiling, the spatial atmosphere in this story is dark and gloomy as well. This weather and setting highlight the theme of this story, together with the destitute and isolated life the siblings lead.

Nevertheless, I believe this story is not entirely grim and desperate, owing to Won-gu's compassionate focus on and attention to the siblings. Won-gu continues to show interest in Dong-ok despite her initial cold response, and this succeeds in gradually softening her heart. In order not to offer a clumsily hopeful future, however, "Rainy Days" ends tragically. Yet because of this tragic ending, Won-gu's compassion and regret for the disappeared Dong-ok shine even more. The author successfully gives us a masterpiece that objectively yet sympa-

진 동옥에 대한 원구의 연민과 안타까움의 느낌은 더욱 강하게 빛을 발하고 있다. 전후 한국 사회의 피폐한 삶에 대해 작가는 냉정한 시선을 거두지 않으면서도 연민과 자조의 정서로 「비 오는 날」이라는 빼어난 소설을 만들어내었다.

thetically presents destitute lives in the midst of wartime Korean society.

비평의 목소리

Critical Acclaim

인간이란 결국 운명의 괴뢰에 지나지 않는다는 그리스의 운명극 이후, 맥베드의 유명한 독백을 거쳐 항간의 잡가에 이르기까지 인생이 하나의 연극이라고 하는 인간의 무력감과 자조의식은 두고두고 인간들에 의해서 설파되어 왔다. 이러한 자조(自嘲)의식은 희극적 감정을 동반하기도 하고 비극적 감정을 수반하기도 하였다. 손창섭의 작품 세계는 결코 새로울 수 없는 이러한 자조의식이 이 나라의 문학 속에서 가장 대담하게 육화(肉化)되어 소설의 재미와 악수하고 있는 좋은 예다. 독자들은 인간에게 보내는 작자의 모멸과 냉소의 시선에 동조하리라. 그리고 나서 곧 그 모멸의 인간상이 결국

From Greek tragedies, which taught us that we are after all puppets of destiny, through Macbeth's well-known soliloquy to contemporary popular songs, human beings have long expressed their sense of helplessness and self-mockery by arguing that human lives are mere dramas. This sense of self-mockery has been expressed in both comedies and tragedies. Son Chang-sop's fictional world is an example of this sense of self-mockery boldly embodied and combined with fictional enjoyment. Readers will sympathize with the author's scornful, sneering gaze. They will then realize that that scornful human scene is part of their self-portraits. They

자기들의 자화상의 일면이라는 것을 깨닫고는 한없는
자기 번민의 고소(苦笑)를 금할 수가 없으리라.

유종호, 「모멸과 번민—손창섭론」, 『한국현대문학전집』 3권,

신구문화사, 1965

　그의 소설의 주인공들의 대부분은 정상적인 육체와
삶을 소유하고 있지 않다. 특히 그의 초기 단편들은 비
정상적인 삶을 영위하는 인간들을 주인공으로 내세우
고 있다. (……) 그러한 비정상적인 인물들을 더욱 절망
적으로 만드는 것은 우울한 배경이다. (……) 그의 부정
적 인간관의 가장 큰 특색은 그의 주인공에게서 여실히
드러나듯 상황을 정확히 관찰하고 그것을 분석하여 거
기에 어떤 의미를 부여하려는 의지의 결여이다. 그들은
상황이 주는 압력을 그대로 수락하여 그들의 불행한 생
존 조건을 더욱 절망적인 것으로 만든다. 그것을 첨예
하게 보여주는 어휘가 운명이라는 어휘이다. (……) 그
운명을 조정하는 높은 위치의 연출가가 누구인가는 명
백하지 않다. 그의 인물들은 상황이 주는 압력을 그대
로 수락하기 때문에 인간이라기보다는 동물에 오히려
가깝다. 성과 식량이라는 기본적인 문제가 자주 그의

will not be able to suppress a bitter, self-agonizing smile about themselves.

Yu Jong-ho, "Scorn and Agony: on Son Chang-sop,"
Hanguk Hyeondae Munhak Jeonjip [Collected Modern Korean
Literature] Vol. 3 (Seoul: Singu Munhwasa, 1965)

Most of his protagonists do not have normal bodies and minds. In particular, his early short stories put forward protagonists who lead abnormal lives... What makes those abnormal characters despair even more is their gloomy environments. [...] The greatest characteristic of Son Chang-sop's negative view of human beings, revealed in his main characters, is their lack of a will to observe their situations accurately and to analyze and give significance to them. They accept the pressures of their situations, and thus turn their unhappy living conditions into even more desperate ones. This is acutely illustrated by the term "destiny." [...] It is not clear who is the director of personal destiny. As such, his characters are more like animals than human beings in that they accept pressures from their situations without resisting. This is why basic instincts, like sex and

소설에서 문제되고 있는 이유이다.

김윤식·김현, 『한국문학사』, 민음사, 1973

손창섭의 초기작은 매우 그로테스크하다. 인물의 비정상적인 성격이나 병적인 행동뿐만 아니라 작품의 배경이나 분위기 또한 다른 소설에서 찾기 힘든 특이한 형국이다. 이들은 주변 환경과의 교섭을 거부하고 폐쇄된 공간 속에 칩거하며 미래에 대한 꿈을 전혀 갖고 있지 못하다. 근대적 주체의 눈으로 보자면 이해될 수 없는 이러한 모습은 전쟁이라는 상황의 특수성을 전제하기 않으면 그 의미를 포착해 내기가 결코 쉽지 않다. (……) 손창섭 초기작의 대부분이 이러한 모습을 보이는 것은 무엇보다 미성숙한 주체에 의해서 작품이 조율된 데 원인이 있다. 초기작을 통해서 확인할 수 있는 '주체'는 '사회적 주체'로 정립되기 이전의 이른바 '상상적 동일시' 단계의 소박하고 유아적인 모습이다. 작중 주인공을 통해서 확인할 수 있는 이러한 모습은 인물에 국한된 것이 아니라 작가 자신의 실제 모습이라 해도 과언이 아니다. 인물과 작가가 일치하고 그래서 작중의 인물은 작가를 대리하는 분신이자 '주체'나 다름없는데,

food, are major concerns in his works.

Kim Yun-shik, Kim Hyun, *Hanguk Munhaksa*

[History of Korean Literature] (Seoul: Minumsa, 1973)

Son Chang-sop's early works are quite grotesque. They are extraordinary not only in their abnormal characters and their morbid behaviors but also in the settings and atmosphere of the works. His characters refuse to interact with their environments, live in isolated spaces, and don't have any dreams for the future. These characteristics, rather unusual in modern subjects, cannot be easily understood outside the specific wartime situation they inhabit. [...] These characteristics in early Son Chang-sop stories originate, above all, from the fact that the immature subjects in them set the tone for each work. The "subjects" in his early works are simple and childish characters on a stage of "imaginary identification" before their establishment as "social subjects." They are also not limited to fiction, but in fact also reflect the author's identity. His fictional characters correspond to the author, and

이들은 하나같이 자기 동일시의 욕망과 대상을 갖고 있
지 못하다.

강진호, 「손창섭 소설 연구」, 『국어국문학』 129호, 2001

(……) 손창섭은 전후 세대 작가 중에서도 대단히 이
채로운 존재가 아닐 수 없다. 우선 그의 텍스트에는 다
른 전후 세대 작가에 비해 이러한 이중언어적 주체의
혼란, 그리고 다양한 차원의 (언어적, 인종적, 문화적) '혼
종'에 대한 진술이 상대적으로 풍부하게 드러나고 있기
때문이다. 등장인물의 성격에서부터, 반복되는 문학적
장치나 상징구조, 그리고 모티프에 이르기까지, 손창섭
은 전통적인 연구와 비평에서 다루어왔듯이 한국전쟁
으로 인한 충격이나 내상(內傷)에 못지않게, '식민주의
이후'에 식민지 경험으로 인해 식민화된 주체가 겪어야
할 혼란과 내상들에 대해 어떤 전후 세대 작가보다도
솔직한 목소리로 진술하고 있기 때문이다. 물론 그의
텍스트에는 이러한 내용들이 직접 전경화되어 있지는
않다. 오히려 대부분의 경우 다른 요소나 조건들에 비
해 뒤로 물러나 있거나 간접화되어 있다. 때에 따라서
는 상징이나 은유로 포장되어 있는 경우도 있다. 이것

thus are the author's alter egos as well as his "sub-
jects." And all of them lack desire and an object for
their identification.

Kang Jin-ho, "A Study of Son Chang-sop's Fiction,"
Korean Language and Literature 129 (2001)

Son Chang-sop is a quite striking writer among
the postwar generation of authors. Above all, his
works are a rich mix of confused bilingual subjects
and hybrids in various ways—linguistic, racial, and
cultural—compared with works by other authors of
his generation. Through his main characters, and
use of literary devices, symbolic structures, and
motifs, he depicts not only the shocks and traumas
resulting from the Korean War but also colonialized
subjects' postcolonial confusion and traumas, and
he does so more frankly than any other author of
his generation. Yet these contents are not in the
foreground of his texts, but pushed into the back-
ground or presented indirectly. Sometimes they are
also wrapped inside symbols and metaphors. This,
in fact, makes Son Chang-sop's text difficult.

이 사실은 손창섭의 텍스트를 난해하게 만드는 조건이
되기도 했다.

한수영, 「전후 소설에서의 식민화된 주체와 언어적 타자」,

『사상과 성찰』, 소명출판, 2011

Han Su-yeong, "Colonized Subject and Linguistic Other in Postwar Fiction," *Sasang-gwa Seongchal* [Thoughts and Reflections] (Seoul: Somyong, 2011)

손창섭

손창섭은 1922년 평안남도 평양에서 태어났다. 1935
년 만주로 건너갔다가 이듬해인 1936년 일본으로 넘어
가 도쿄와 교토에서 고학으로 몇몇 중학교와 대학교를
다니기는 했으나 정식 학력은 없다. 1946년 귀국하여
고향인 평양에 머물러 있다가 1948년 월남하였다. 초등
학교, 중등학교 교원과 잡지 편집사원 등 여러 직업을
전전하였다. 1949년 3월《연합신문》에 단편 「얄궂은
비」를 발표하였으나 정식으로 등단한 것은 1952년 5월
《문학예술》에 단편 「공휴일」을 발표하면서부터였다. 이
후 「비 오는 날」(1953), 「혈서」(1955), 「잉여인간」(1958)
등의 문제작들을 계속 발표했다. 「혈서」로 현대문학 신
인상, 「잉여인간」으로 제4회 동인문학상을 수상하였다.
1959년 장편『낙서족』을 발표하고 1961년 자전적인 소
설로 알려진 「신의 희작」과 「육체추」를 발표하였다.
1965년 단편 「공포」를 발표한 이후에는 작품 활동이 뜸
하다가 1969년 장편소설『길』을《동아일보》에 연재하
였다. 1973년에 돌연 일본인 부인과 함께 일본으로 건

Son Chang-sop

Son Chang-sop was born in Pyongyang in 1922. After a trip to Manchuria in 1935, he traveled to Japan in 1936. Although he studied at a few high schools and colleges in Tokyo and Kyoto while working, he never graduated from any of them. After returning to Pyongyang in 1946, Son came to the South in 1948. He worked at various jobs: as a teacher at elementary and middle schools and a copyeditor at magazine publishers. Although his short story "Perverse Rain" was published in the *Yonhap Newspaper* in March 1949, he made his formal literary debut in May 1952, when his short story "Official Holiday" was published in the magazine *Munhak Yesul* [Literary Arts]. He continued to write critically acclaimed short stories, such as "Rainy Days (1953)," "A Writing in Blood (1955)," and "Superfluous Human Beings (1958)." He won the *Hyeondae Munhak* New Writer Award with "A Writing in Blood" and the 4th Dong-in Literary Award with "Superfluous Human Beings." After the publication of his novel *Nakseojok* [Graffitists] in 1959, "God's

너가 귀화했고, 일본에 있으면서 1978년 《한국일보》에 『봉술랑』을 연재했다. 이것이 현재까지 알려진 그의 마지막 작품이다. 손창섭이 일본으로 건너간 이유와 일본 국적을 취득한 이유는 정확히 알려지지 않았으나 군사 정부와 부패한 당시 사회에 대한 환멸 때문이라고 지인들은 전하고 있다.

국내에서 작품 활동을 할 때에도 사람들과 교유가 거의 없었고 사생활도 알려진 바가 별로 없다. 일본에 건너간 이후에도 특별한 직업 없이 부인의 수입에 의존해 살아간 것으로 알려져 있다. 2010년 6월 지병인 폐질환으로 일본에서 생을 마감했다. 손창섭은 1950년대부터 60년대에 이르기까지 주목받는 작품들을 많이 발표한 이 시기 한국문학을 대표하는 작가였음에도 불구하고, 그의 삶은 실제로 알려진 바가 많지 않다. 더구나 대표적인 한국 소설가가 일본에 귀화했다는 것도 나중에 알려졌으며 귀화한 이후의 삶에 대해서도 신문기사를 통해 단편적으로만 공개되었다. 그의 독특한 작품 세계와 마찬가지로 손창섭의 삶 역시 일반적인 것은 아니었다.

손창섭의 소설들은 전후 참담한 한국의 사회상을 육체적으로 불구인 등장인물들을 통해 정신병리학적인

Comic Creation" and "Physical Ugliness" were published in 1961. He stopped writing for a while after the publication of the short story "Fear" in 1965, until 1969, when he serialized the novel *Road* in the *Dong-A Ilbo*. In 1973, he abruptly moved to Japan with his Japanese wife and became a naturalized Japanese. He serialized *Bongsulang* in *Hankook Ilbo* in 1978. To date, this is his last known work.

Before his move to Japan, Son rarely socialized with friends and his private life was not known well, despite his status as a major Korean fiction writer during the 1950s and 1960s. Even the fact that he was naturalized in Japan was not known until recently. Although Son himself did not officially state the reason why he moved to Japan and became a Japanese citizen, his friends believed it was due to his despair at the military regime and corrupt society in Korea at that time. In Japan, he is known to have depended on his wife's income, without working at a job. He died of a chronic lung disease in Japan in June 2010. Like his unique fictional world, Son's life was not an ordinary one.

Son's works are critically acclaimed for their diverse approach to depicting wretched postwar Korean society, including a psychoanalytical approach

접근을 하는 등 다채롭게 표현한 것으로 평가받고 있다. 손창섭은 전쟁 이후의 인간과 사회를 어둡고 부정적으로 그렸으나 그것이 파괴적인 분노나 증오에서 비롯된 것이라기보다는 세상에 대한 연민에서 나온 것이었다. 아울러 「신의 희작」을 비롯해 자신의 경험이나 자전적인 삶이 배경이 된 소설들은 자기 모멸감의 정서가 지배적인 것이 많은데 이런 요소들이 한국전쟁 이후 암울한 사회 분위기와 연결되어 많은 사람들에게 공감을 불러일으켰다. 손창섭이 전후 한국문학을 대표하는 소설가로 인정받을 수 있었던 것도 그런 까닭이 크다.

through disabled characters. Although Son's depiction of postwar human beings and society is dark and negative, it originated not from his destructive anger and hatred but from his compassion. In the gloomy postwar social atmosphere, many readers sympathized with the sentiment of self-mockery central to his works, including his autobiographical works, like "God's Comic Creation." It is largely because of this characteristic of his works that he was critically recognized as one of the most representative postwar Korean authors.

번역 **전승희** Translated by Jeon Seung-hee

서울대학교와 하버드대학교에서 영문학과 비교문학으로 박사 학위를 받았으며, 현재 하버드대학교 한국학 연구소의 연구원으로 재직하며 아시아 문예 계간지 《ASIA》 편집위원으로 활동 중이다. 현대 한국문학 및 세계문학을 다룬 논문을 다수 발표했으며, 바흐친의 『장편소설과 민중언어』, 제인 오스틴의 『오만과 편견』 등을 공역했다. 1988년 한국여성연구소의 창립과 《여성과 사회》의 창간에 참여했고, 2002년부터 보스턴 지역 피학대 여성을 위한 단체인 '트랜지션하우스' 운영에 참여해 왔다. 2006년 하버드대학교 한국학 연구소에서 '한국 현대사와 기억'을 주제로 한 워크숍을 주관했다.

Jeon Seung-hee is a member of the Editorial Board of *ASIA*, is a Fellow at the Korea Institute, Harvard University. She received a Ph.D. in English Literature from Seoul National University and a Ph.D. in Comparative Literature from Harvard University. She has presented and published numerous papers on modern Korean and world literature. She is also a co-translator of Mikhail Bakhtin's *Novel and the People's Culture* and Jane Austen's *Pride and Prejudice*. She is a founding member of the Korean Women's Studies Institute and of the biannual Women's Studies' journal *Women and Society* (1988), and she has been working at 'Transition House,' the first and oldest shelter for battered women in New England. She organized a workshop entitled "The Politics of Memory in Modern Korea" at the Korea Institute, Harvard University, in 2006. She also served as an advising committee member for the Asia-Africa Literature Festival in 2007 and for the POSCO Asian Literature Forum in 2008.

감수 **폴 안지올릴로** Edited by Paul Angiolillo

폴 안지올릴로는 예일대학교에서 영문학 학사학위를 받은 뒤 자유기고 언론인으로 《보스턴 글로브》 신문, 《비즈니스 위크》 잡지 등에서 활동 중이며, 팰콘 출판사, 매사추세츠 공과대학, 글로벌 인사이트, 알티아이 등의 기관과 기업의 편집자를 역임했다. 글을 쓰고 편집하는 외에도 조각가로서 미국 뉴잉글랜드의 다양한 화랑에서 작품 전시회를 개최하고, 보스턴 지역에서 다도를 가르치는 강사이기도 하다.

Paul Angiolillo has been an editor at M.I.T., Global Insight, R.T.I., and other institutions and enterprises, as well as a journalist and author for the *Boston Globe*, *Business Week* magazine, Falcon Press, and other publishers. He received a B.A. from Yale University in English literature. Paul is also a sculptor, with works in galleries and exhibits throughout the New England region. He also teaches tea-tasting classes in the Greater Boston Area.

바이링궐 에디션 한국 대표 소설 109
비 오는 날

2015년 1월 9일 초판 1쇄 발행

지은이 손창섭 | 옮긴이 전승희 | 펴낸이 김재범
감수 폴 안지올릴로 | 기획위원 정은경, 전성태, 이경재
편집 정수인, 이은혜, 김형욱, 윤단비 | 관리 박신영
펴낸곳 (주)아시아 | 출판등록 2006년 1월 27일 제406-2006-000004호
주소 서울특별시 동작구 서달로 161-1(흑석동 100-16)
전화 02.821.5055 | 팩스 02.821.5057 | 홈페이지 www.bookasia.org
ISBN 979-11-5662-067-9 (set) | 979-11-5662-086-0 (04810)
값은 뒤표지에 있습니다.

Bi-lingual Edition Modern Korean Literature 109
Rainy Days

Written by Son Chang-sop | Translated by Jeon Seung-hee
Published by Asia Publishers | 161-1, Seodal-ro, Dongjak-gu, Seoul, Korea
Homepage Address www.bookasia.org | Tel. (822).821.5055 | Fax. (822).821.5057
First published in Korea by Asia Publishers 2015
ISBN 979-11-5662-067-9 (set) | 979-11-5662-086-0 (04810)